Der kl(AI)ne Prinz

OWM

OLIVER WURM MEDIENVERLAG

1. Auflage April 2023
Originalausgabe
Veröffentlicht im Oliver Wurm Medienverlag, Hamburg
April 2023

Redaktion: Oliver Wurm, Janne Ulrich, ChatGPT4
Illustrationen: Lars Linnhoff
Artdirektion: Christiane Eckhardt
AI Bilder: Danny Breuker; Midjourney
Litho: Martina Drignat
Druck und Bindung: CPI books GmbH, Leck, Germany
Bestellung und Vertrieb: Nova MD GmbH, Vachendorf
bestellung@novamd.de
ISBN 978-3-969-66596-1

Über dieses Buch

Am 6. April 1943 wurde in New York das Buch „Der Kleine Prinz“ von Antoine de Saint-Exupéry erstmals veröffentlicht. Seither begeistert und berührt es Menschen aus aller Welt. Es wurde in über 500 Sprachen und Dialekte übersetzt und in einer Gesamtauflage von weit über 200 Millionen Exemplaren gedruckt.

Zu seinem 80. Geburtstag haben wir uns gefragt: Sind die Kernbotschaften aus 1943 auch 2023 noch zeitgemäß? Würde der Geograph die Erde noch immer als nächstes Reiseziel empfehlen? Und wenn ja: Wie würde der Kleine Prinz sich heute auf der Erde bewegen? Wie sähe seine Morgenroutine aus? Wäre er auf Instagram und Twitter? Würde er auf eine Demo von „Fridays For Future“ gehen? Welchen Podcast würde er hören? Welche Rede würde er vor der UN-Vollversammlung halten? Und, natürlich auch wichtig: Für welchen Fußballverein schlüge sein kleines Prinzenherz?

Am 30. November 2022 machte das US-Startup OpenAI die künstliche Intelligenz „ChatGPT“ für die Öffentlichkeit verfügbar. Der Name steht für „Chat Generative Pre-trained Transformer“. Der Chatbot basiert auf einem Maschinenlernmodell, das menschliche Eingaben versteht und auf natürlich klingende Weise beantwortet.

Wir haben die Gelegenheit genutzt und die große Intelligenz zum Kleinen Prinz befragt – 23 Fragen, passend zum Jahr 2023. Die Antworten des Bots: Tiefsinnig, überraschend – und mitunter auch wunderbar gaga.

Im zweiten Teil dieses kleinen Geburtstagswerks finden Sie – passend zum 80. Geburtstag des ewigen Bestsellers – 80 Zitate aus Saint-Exupérys Fabel. Diese sollen Sie bestenfalls ermuntern, falls noch nicht geschehen, den Klassiker im Original zu lesen.

Viel Vergnügen mit „Der klAIne Prinz“,
Oliver Wurm

Für Antoine de Saint-Exupéry.

Und für alle Programmierer:innen künstlicher Intelligenz,

als sie noch kleine Mädchen und Jungen waren.

Antoine de Saint-Exupéry

(29.6.1900 – 31.7.1944)

1

–

Wer war Antoine de Saint-Exupéry?

Antoine de Saint-Exupéry (1900–1944) war ein französischer Schriftsteller und Pilot. Er wurde vor allem durch seinen Roman „Der Kleine Prinz“ (Le Petit Prince) berühmt, der zu einem der meistverkauften und übersetzten Bücher der Welt gehört. Der Kleine Prinz ist eine philosophische Fabel, die sich mit Fragen der Menschlichkeit, Freundschaft, Liebe und Verantwortung beschäftigt.

Saint-Exupéry war auch ein Pionier der Luftfahrt und flog für die Aéropostale, eine französische Luftpostgesellschaft, die Post zwischen Frankreich, Afrika und Südamerika beförderte. Seine Flugerfahrungen inspirierten viele seiner anderen literarischen Werke, wie „Nachtflug“ (Vol de Nuit), „Südkurier“ (Courrier Sud) und „Wind, Sand und Sterne“ (Terre des Hommes).

Während des Zweiten Weltkriegs schloss sich Saint-Exupéry der Freien Französischen Luftwaffe an und flog als Aufklärungspilot. Am 31. Juli 1944 verschwand sein Flugzeug während eines Aufklärungsfluges über dem Mittelmeer. Erst 2000 wurden Wrackteile seines Flugzeugs entdeckt, was darauf hindeutet, dass er bei einem Flugzeugabsturz ums Leben kam. Saint-Exupéry gilt als einer der bedeutendsten französischen Schriftsteller des 20. Jahrhunderts.

2

Am 6. April 1943 wurde die Geschichte „Der Kleine Prinz“ (Le Petit Prince) von Antoine de Saint-Exupéry erstmals in New York als Buch veröffentlicht. Schreibe eine Zusammenfassung der Geschichte „Der Kleine Prinz“ (Le Petit Prince).

„Der Kleine Prinz“ (Le Petit Prince) ist eine zeitlose, philosophische Fabel, die die Geschichte eines jungen, außerirdischen Prinzen erzählt, der von einem winzigen Planeten namens Asteroid B-612 stammt. Die Erzählung wird aus der Perspektive eines gestrandeten Piloten präsentiert, der den kleinen Prinzen in der Wüste trifft, nachdem er mit seinem Flugzeug abgestürzt ist.
Während ihrer Begegnung erzählt der Kleine Prinz dem Piloten von seinen Abenteuern und den verschiedenen Planeten, die er besucht hat. Auf seinen Reisen begegnet der Prinz einer Reihe von merkwürdigen Charakteren, die verschiedene menschliche Schwächen und Absurditäten darstellen, wie Eitelkeit, Gier, Machtgier und Engstirnigkeit. Durch diese Begegnungen erkennt der Kleine Prinz die Bedeutung von Liebe, Freundschaft und Verantwortung.
Eine zentrale Figur in der Geschichte ist eine Rose, die der Kleine Prinz auf seinem Heimatplaneten liebt und beschützt. Die Rose repräsentiert die Zerbrechlichkeit der Liebe und die Notwendigkeit, Beziehungen zu pflegen. Auf der Erde trifft der Kleine Prinz auch auf einen Fuchs, der ihm eine wichtige Lektion über Freundschaft beibringt: „Man sieht nur mit dem Herzen gut. Das Wesentliche ist für die Augen unsichtbar.“ Diese Aussage ist eines der bekanntesten Zitate aus dem Buch und betont die Bedeutung von Empathie und inneren Werten.
Nachdem der Pilot und der Kleine Prinz eine tiefe Freundschaft geschlossen haben, entscheidet sich der Prinz, zu seinem Planeten zurückzukehren, um sich um seine Rose zu kümmern. Der Abschied ist sowohl herzzerreißend als auch hoffnungsvoll, und die

Begegnung mit dem kleinen Prinzen hinterlässt beim Piloten einen tiefgreifenden Eindruck über das, was im Leben wirklich wichtig ist. „Der Kleine Prinz" ist eine universelle Geschichte, die sich an Leser jeden Alters richtet und bis heute für ihre einfühlsamen und tiefgründigen Botschaften geschätzt wird.

3

–

Während seiner Reise durch das Universum besucht der Kleine Prinz aus „Der Kleine Prinz" auch andere Planeten. Beschreibe konkret die einzelnen Stationen seiner Reise. Welche Bewohner trifft er auf den verschiedenen Planeten an?

Der Kleine Prinz besucht während seiner Reise durch das Universum sechs Planeten, bevor er auf der Erde landet. Auf jedem dieser Planeten trifft er auf merkwürdige Bewohner, die verschiedene menschliche Schwächen und Absurditäten verkörpern. Hier sind die Stationen seiner Reise und die Bewohner, denen er begegnet:

1. Der erste Planet: Auf dem ersten Planeten trifft der Kleine Prinz auf einen König, der allein auf seinem Planeten lebt und über niemanden herrscht. Der König repräsentiert die Absurdität von Macht und Autorität ohne Zweck.
2. Der zweite Planet: Hier begegnet der Kleine Prinz einem eitlen Mann, der nur nach Lob und Bewunderung sucht. Er möchte, dass der Kleine Prinz ihn bewundert und bestätigt. Der eitle Mann symbolisiert die menschliche Eitelkeit und die Bedeutungslosigkeit der Meinungen anderer.
3. Der dritte Planet: Auf diesem Planeten trifft der Prinz auf einen Trinker, der trinkt, um seine Scham über das Trinken zu vergessen. Dieser Charakter stellt den Teufelskreis der Sucht und die Selbstzerstörung dar, die sie verursacht.

4. Der vierte Planet: Hier begegnet der Kleine Prinz einem Geschäftsmann, der Sterne zählt und sie besitzen will, obwohl er keine Zeit hat, sie zu genießen oder ihre Schönheit zu schätzen. Der Geschäftsmann repräsentiert Gier und Materialismus, die die Fähigkeit, die einfachen Freuden des Lebens zu genießen, beeinträchtigen.
5. Der fünfte Planet: Auf dem fünften Planeten trifft der Kleine Prinz einen Laternenanzünder, der Tag und Nacht damit verbringt, seine Laterne an- und auszumachen. Der Laternenanzünder symbolisiert das monotone und sinnlose Leben, das viele Menschen führen, ohne jemals innezuhalten und ihre Umstände zu hinterfragen.
6. Der sechste Planet: Hier besucht der Kleine Prinz einen Geographen, der über die verschiedenen Planeten und ihre Besonderheiten weiß, aber seinen eigenen Planeten nie erforscht hat. Der Geograph stellt die Ironie und Engstirnigkeit von Menschen dar, die Wissen sammeln, aber ihre eigene Lebenserfahrung vernachlässigen.
7. Der siebte Planet - die Erde: Schließlich landet der Kleine Prinz auf der Erde, wo er verschiedene Tiere und Pflanzen entdeckt, darunter die Rose und den Fuchs. Der Fuchs lehrt ihn die Bedeutung von Freundschaft und Liebe und zeigt ihm, dass das Wesentliche für die Augen unsichtbar ist. Auf der Erde erfährt der Kleine Prinz auch von den menschlichen Schwächen, aber auch von der Fähigkeit, Liebe und Freundschaft zu schätzen.

Die Begegnungen auf diesen Planeten bieten dem kleinen Prinzen und den Lesern tiefgründige Einsichten in die menschliche Natur und die Bedeutung von Beziehungen, Liebe und Verantwortung.

4

Das Buch „Der Kleine Prinz" von Antoine de Saint-Exupéry erschien erstmals im Jahr 1943 in New York und entwickelte sich zu einem Weltbestseller. Warum sollte man es auch im Jahr 2023, also 80 Jahre nach der Erstveröffentlichung, noch immer lesen?

„Der Kleine Prinz" von Antoine de Saint-Exupéry bleibt auch 80 Jahre nach seiner Erstveröffentlichung relevant und lesenswert, weil es zeitlose Botschaften und universelle Themen anspricht, die für Menschen jeden Alters und aus allen Kulturen Bedeutung haben. Hier sind einige Gründe, warum das Buch auch im Jahr 2023 noch immer gelesen werden sollte:

1. Zeitlose Weisheit: Die philosophischen Einsichten und Lektionen über Liebe, Freundschaft, Verantwortung und das Wesentliche, das für die Augen unsichtbar ist, sind auch heute noch gültig. Sie regen dazu an, über die Prioritäten im Leben nachzudenken und die Bedeutung von Beziehungen und inneren Werten zu schätzen.
2. Universelle Themen: „Der Kleine Prinz" behandelt Themen, die für Menschen aller Kulturen und Lebensweisen relevant sind. Das Buch erinnert uns daran, die Schönheit der Welt um uns herum zu schätzen, die Bedeutung von Freundschaft und Liebe zu erkennen und die Verantwortung, die wir für diejenigen haben, die wir lieben.
3. Allegorische Erzählung: Die Geschichte ist reich an Allegorien und Symbolen, die menschliche Schwächen und Stärken darstellen. Die Charaktere, denen der Kleine Prinz begegnet, veranschaulichen verschiedene Aspekte der menschlichen Natur und regen dazu an, über unsere eigenen Verhaltensweisen und Motivationen nachzudenken.

4. Zugänglichkeit: „Der Kleine Prinz“ ist sowohl für Kinder als auch für Erwachsene lesenswert. Die einfache, klare Sprache und die bezaubernden Illustrationen selbst machen das Buch für junge Leser zugänglich, während die tiefgründigen Botschaften und philosophischen Themen Erwachsene ansprechen.
5. Kulturelles Erbe: Als eines der meistverkauften und übersetzten Bücher der Welt hat „Der Kleine Prinz“ einen festen Platz im globalen literarischen Kanon. Das Lesen dieses Buches bietet die Möglichkeit, sich mit einem wichtigen Werk der Weltliteratur auseinanderzusetzen und das kulturelle Erbe zu schätzen, das es repräsentiert.

Insgesamt ist „Der Kleine Prinz“ ein zeitloses Meisterwerk, das auch 80 Jahre nach seiner Veröffentlichung noch immer die Herzen und Gedanken der Leser berührt. Die einfühlsamen und tiefgründigen Botschaften des Buches bleiben für zukünftige Generationen relevant und inspirierend.

5

Auf dem sechsten Planeten seiner Reise trifft der Kleine Prinz bekanntlich auf einen Geographen. Er fragt diesen am Ende seines Aufenthalts: „Geben Sie mir einen Rat, welchen Planeten soll ich als nächstes besuchen?“ Der Geograph antwortet: „Die Erde. Sie hat einen guten Ruf.“ In 80 Jahren ist auf der Erde viel passiert. Würde der Geograph dem kleinen Prinzen auch im Jahr 2023 unsere Erde noch als Reiseziel empfehlen?

Es ist schwierig, die Antwort des Geographen auf die Frage nach einem Besuch der Erde im Jahr 2023 genau vorherzusagen. Dennoch können wir einige Überlegungen dazu anstellen, ob der Geograph die Erde als Reiseziel empfehlen würde oder nicht:

PRO

1. Kulturelle Vielfalt: Die Erde bietet eine enorme kulturelle Vielfalt, die dem kleinen Prinzen ein breites Spektrum menschlicher Erfahrungen und Sichtweisen bieten würde. Dies würde sein Verständnis der Menschheit erweitern und ihm die Möglichkeit geben, die verschiedenen Aspekte menschlicher Kultur kennenzulernen.
2. Naturschönheiten: Die Erde ist reich an beeindruckenden Landschaften, Flora und Fauna, die dem kleinen Prinzen die Schönheit und Vielfalt der Natur vor Augen führen würden.
3. Gelegenheit zur persönlichen Entwicklung: Auf der Erde würde der Kleine Prinz weiterhin auf verschiedene Charaktere und Situationen stoßen, die ihm dabei helfen, seine Perspektive zu erweitern und seine persönliche Entwicklung voranzutreiben.

KONTRA

1. Umweltprobleme: Die Erde im Jahr 2023 ist mit einer Vielzahl von Umweltproblemen konfrontiert, wie Klimawandel, Umweltverschmutzung, Artensterben und Ressourcenknappheit. Diese Probleme könnten dem kleinen Prinzen Sorgen bereiten und das Bild eines Planeten in Not zeigen.
2. Soziale und politische Konflikte: Die Erde ist auch von sozialen und politischen Konflikten geprägt, die dem kleinen Prinzen die komplexen und schwierigen Aspekte menschlicher Interaktion vor Augen führen würden.

Insgesamt könnte der Geograph im Jahr 2023 die Erde als Reiseziel empfehlen, jedoch mit einem gewissen Grad an Zurückhaltung.
Es gäbe nach wie vor viel zu entdecken und zu lernen, aber auch Herausforderungen und Probleme, die dem kleinen Prinzen die komplexen und schwierigen Seiten der menschlichen Erfahrung zeigen würden.

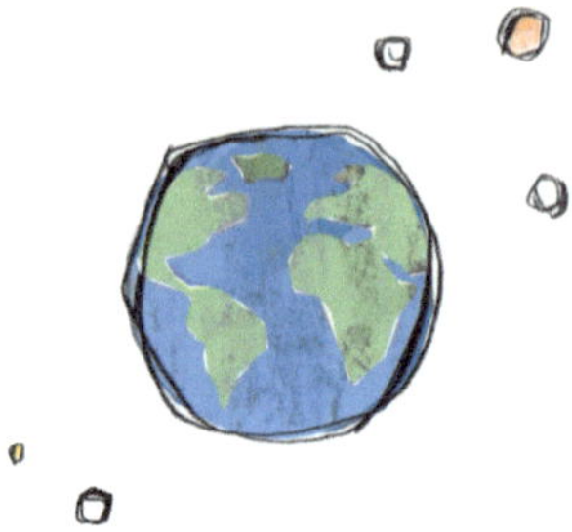

6

–

Würde der Kleine Prinz, wenn er heute noch einmal zurück auf die Erde käme, gemeinsam mit Greta Thunberg bei der Klimastreikbewegung „Fridays for Future" auftreten?

Obwohl es reine Spekulation ist, könnte man argumentieren, dass der Kleine Prinz, wenn er heute noch einmal zurück auf die Erde käme, durchaus gemeinsam mit Greta Thunberg bei der Klimastreikbewegung „Fridays for Future" auftreten würde. Die Wertschätzung der Natur und der Schutz des Planeten sind wichtige Aspekte in der Geschichte von „Der Kleine Prinz", und diese Themen stehen auch im Zentrum der „Fridays for Future"-Bewegung. Der Kleine Prinz würde möglicherweise die Ziele von „Fridays for Future" unterstützen, um das Bewusstsein für den Klimawandel und Umweltschutz zu schärfen und eine bessere Zukunft für die Erde und ihre Bewohner zu erreichen. Da die Geschichte des kleinen Prinzen Wert auf Verantwortung, Fürsorge und Freundschaft legt, wäre es durchaus denkbar, dass er sich an solchen Bewegungen beteiligen und seine Botschaften teilen würde, um gemeinsam mit anderen Menschen einen positiven Wandel herbeizuführen.

7

Welche Botschaft würde der Kleine Prinz bei der „Fridays for Future“-Demo auf sein Plakat schreiben? Welche Botschaft hätte er an die Politik?

Wenn der Kleine Prinz an einer „Fridays for Future“-Demo teilnehmen würde, könnte er eine Botschaft auf sein Plakat schreiben, die die Wichtigkeit von Verantwortung, Fürsorge und dem Schutz der Umwelt betont. Eine mögliche Botschaft für sein Plakat könnte lauten: „Verantwortung für unseren Planeten – Zukunft für alle!“
An die Politik hätte der Kleine Prinz wahrscheinlich eine Botschaft, die darauf abzielt, politische Entscheidungsträger dazu zu ermutigen, nachhaltige und umweltfreundliche Lösungen für die globalen Herausforderungen zu finden, denen die Erde gegenübersteht.
Eine mögliche Botschaft an die Politik könnte lauten: „Hört auf die Stimme der Zukunft – Handelt jetzt für den Schutz unserer Erde!“
Diese Botschaften verbinden die zentralen Themen von „Der Kleine Prinz“, wie Verantwortung, Fürsorge und Zusammenarbeit, mit den Zielen der „Fridays for Future“-Bewegung und fordern entschlossenes Handeln, um die Umwelt für zukünftige Generationen zu erhalten.

8

—

Auf welchen Social-Media-Kanälen und welchen digitalen Plattformen wäre der Kleine Prinz heute aktiv – und wie würde er diese Netzwerke für seine Botschaften nutzen?

Da der Kleine Prinz eine fiktive Figur ist und seine Geschichte vor dem Aufkommen von Social Media spielt, können wir nur spekulieren, auf welchen Kanälen er heute aktiv sein könnte und wie er diese Netzwerke für seine Botschaften nutzen würde. Basierend auf den Themen und Werten, die in „Der Kleine Prinz" vermittelt werden, könnten folgende Plattformen zu seinen Interessen passen:

1. Instagram: Der Kleine Prinz könnte Instagram nutzen, um Fotos und kurze Videos von Natur, Pflanzen, Tieren und seinen Abenteuern zu teilen. Er könnte inspirierende Zitate und Botschaften aus seiner Geschichte verbreiten und dabei seine künstlerische Seite betonen. Instagram-Stories könnten ihm die Möglichkeit bieten, seine täglichen Begegnungen und Reflexionen zu teilen.
2. Twitter: Auf Twitter könnte der Kleine Prinz seine Gedanken und Botschaften in kurzen, prägnanten Tweets teilen. Er könnte auf aktuelle Ereignisse eingehen und seine Sichtweise auf Themen wie Umweltschutz, Zusammenarbeit, Liebe und Freundschaft vermitteln. Twitter würde ihm auch ermöglichen, sich direkt mit anderen Nutzern auszutauschen und an Diskussionen teilzunehmen.
3. Facebook: Der Kleine Prinz könnte eine Facebook-Seite erstellen, um seine Botschaften und Erlebnisse mit einer breiteren Gemeinschaft zu teilen. Er könnte Gruppen beitreten, die sich auf Naturschutz, Kunst und Literatur konzentrieren, und seine Erfahrungen und Ideen mit anderen teilen. Facebook Live könnte ihm auch ermöglichen, in Echtzeit mit seinen Followern zu interagieren.

4. YouTube: Auf YouTube könnte der Kleine Prinz kurze Filme, Animationen oder Vlogs erstellen, um seine Abenteuer und Begegnungen auf verschiedenen Planeten zu dokumentieren und Themen wie Freundschaft, Liebe und Verantwortung zu erkunden. Er könnte auch Tutorials oder Diskussionsvideos zu Umweltthemen und nachhaltigem Leben anbieten.
5. Blogging-Plattformen (z.B. Medium, WordPress): Der Kleine Prinz könnte einen Blog erstellen, um seine Geschichten, Gedanken und Erfahrungen in einem längeren Format zu teilen. Er könnte Artikel und Essays zu Themen wie Naturschutz, Nachhaltigkeit, Liebe und Freundschaft verfassen, die seine Botschaften vertiefen und seinen Lesern neue Perspektiven bieten.

Diese Vorschläge basieren auf der Annahme, dass der Kleine Prinz in unserer modernen Welt leben und seine Botschaften und Werte über Social Media und digitale Plattformen verbreiten würde. Es ist wichtig zu beachten, dass dies eine rein spekulative Liste ist und „Der Kleine Prinz" ursprünglich als zeitlose Fabel konzipiert wurde.

9

—

Welchen Vortrag würde der Kleine Prinz auf der Digitalmesse OMR halten? Nenne einen konkreten Titel.

Wenn der Kleine Prinz auf der Digitalmesse OMR einen Vortrag halten würde, könnte sein Vortrag darauf abzielen, die Themen seiner Geschichte mit der digitalen Welt zu verbinden. Ein möglicher Titel für seinen Vortrag könnte lauten:
„Digitale Empathie: Die Weisheiten des kleinen Prinzen für eine achtsame Online-Welt"
In diesem Vortrag würde der Kleine Prinz über die Bedeutung von Empathie, Verantwortung und authentischen Verbindungen in der digitalen Welt sprechen und wie seine Botschaften uns inspirieren können, achtsamer mit uns selbst und anderen in Online-Interaktionen umzugehen.

10

—

Der Fuchs sagt zum Kleinen Prinz: „Das Wesentliche ist für die Augen unsichtbar." Ist diese Aussage in 2023, in Zeiten von Globalisierung und Digitalisierung, noch richtig?

Die Aussage des Fuchses, „Das Wesentliche ist für die Augen unsichtbar", bleibt auch im Jahr 2023, in Zeiten von Globalisierung und Digitalisierung, weiterhin relevant. Diese Botschaft betont die Bedeutung von Dingen, die nicht unbedingt physisch oder offensichtlich sind, aber dennoch großen Wert für unser Leben und unsere Beziehungen haben. Dazu gehören Liebe, Freundschaft, Loyalität, Empathie und Verständnis.
In der heutigen Zeit der Digitalisierung und Globalisierung kann diese Botschaft sogar noch bedeutsamer werden, da wir oft Gefahr

laufen, uns in der Flut von Informationen, Bildern und digitalen Interaktionen zu verlieren. Es ist wichtig, sich daran zu erinnern, dass die wahren Werte und Bedeutungen im Leben oft hinter den Bildschirmen und in den zwischenmenschlichen Beziehungen liegen. Der Kleine Prinz lehrt uns, dass wir uns auf das Wesentliche konzentrieren sollten, indem wir uns Zeit nehmen, tiefere Verbindungen mit anderen aufzubauen, auf unsere inneren Werte zu achten und uns an die Dinge zu erinnern, die wirklich zählen. Diese zeitlose Botschaft bleibt auch in einer immer stärker vernetzten und digitalisierten Welt relevant.

11

—

Der Kleine Prinz hatte Angst davor, dass Affenbrotbäume seinen Planeten zerstören könnten. Affenbrotbäume sind für die Erde keine Gefahr. Aber: Gibt es Synonyme für die Affenbrotbäume in 2023?

Die Affenbrotbäume in der Geschichte des kleinen Prinzen sind ein Symbol für die Gefahren, die durch unkontrolliertes Wachstum und mangelnde Fürsorge entstehen können. In der Erzählung müssen die Affenbrotbäume ständig entfernt werden, um zu verhindern, dass sie den Planeten des kleinen Prinzen zerstören.
In der heutigen Zeit (2023) könnten die Affenbrotbäume als Synonyme für verschiedene Umwelt- und gesellschaftliche Probleme angesehen werden, die aus unkontrolliertem Wachstum und mangelnder Verantwortung entstehen. Einige Beispiele dafür sind:

1. Klimawandel: Die Erderwärmung und ihre Folgen, wie Extremwetterereignisse, Meeresspiegelanstieg und Artensterben, könnten als Synonyme für die Affenbrotbäume betrachtet werden, da sie das Ergebnis von unkontrolliertem menschlichem Handeln und mangelnder Sorge um die Umwelt sind.

2. Umweltverschmutzung: Die Verschmutzung der Luft, des Wassers und des Bodens durch Industrie, Verkehr und Landwirtschaft ist ein weiteres Beispiel für ein Problem, das durch unkontrolliertes Wachstum und mangelnde Verantwortung entsteht.
3. Entwaldung: Die großflächige Abholzung von Wäldern, insbesondere in tropischen Gebieten, führt zu erheblichen Umweltproblemen, wie dem Verlust von Lebensräumen, der Erosion von Böden und der Freisetzung von Treibhausgasen.
4. Ressourcenübernutzung: Die übermäßige Nutzung natürlicher Ressourcen, wie Wasser, Boden und Rohstoffe, kann zu ernsthaften Umwelt- und sozialen Problemen führen, die die Lebensgrundlagen von Menschen und Tieren bedrohen.
5. Soziale Ungleichheit: Unkontrolliertes Wirtschaftswachstum und fehlende soziale Verantwortung können zu einer wachsenden Kluft zwischen Arm und Reich führen, was zu sozialen Spannungen und Ungerechtigkeiten beiträgt.

Diese Beispiele sind Synonyme für die Affenbrotbäume in der heutigen Zeit, da sie ähnliche Probleme und Herausforderungen darstellen, die durch unkontrolliertes Wachstum und mangelnde Fürsorge entstehen. Es ist wichtig, sich derartige Probleme bewusst zu machen und gemeinsam Lösungen zu finden, um eine nachhaltige Zukunft für alle zu ermöglichen.

12

Typisch für die Erwachsenen ist es ja auch, sich To-do-Listen und Ähnliches zu schreiben, um den Tag zu planen. Auch der Morgen des Kleinen Prinzen ist davon geprägt, dass er erst seine Morgentoilette beendet und sich anschließend an die Pflege seines Planeten macht. Schreibe einen Tagesablauf des kleinen Prinzen aus der heutigen Zeit, mit konkreten Uhrzeiten und Vorhaben.

Hier ist ein beispielhafter Tagesablauf für den kleinen Prinzen in der heutigen Zeit, einschließlich konkreter Uhrzeiten und Vorhaben:

07:00 Uhr - Aufwachen und Morgentoilette: Der Kleine Prinz wacht auf, wäscht sich und bereitet sich auf den Tag vor.

07:30 Uhr - Frühstück: Er setzt sich hin, um ein gesundes Frühstück zu genießen und den Tag zu planen.

08:00 Uhr - Pflege seiner Umgebung: Der Kleine Prinz widmet Zeit der Pflege seiner Zimmerpflanzen und sorgt für Ordnung in seinem Wohnraum.

09:00 Uhr - Bildung und Wissenserweiterung: Er liest Bücher, schaut Dokumentationen oder nimmt an Online-Kursen teil, um sein Wissen über die Welt und ihre Herausforderungen zu erweitern.

11:00 Uhr - Spaziergang im Freien: Der Kleine Prinz geht spazieren, um frische Luft zu schnappen und die Schönheit der Natur zu schätzen.

12:30 Uhr - Mittagessen: Er kehrt nach Hause zurück, um ein gesundes Mittagessen zuzubereiten und zu essen.

13:30 Uhr - Ehrenamtliches Engagement oder Umweltschutzaktivitäten: Der Kleine Prinz engagiert sich in seiner Gemeinschaft, indem er sich an Freiwilligenarbeit oder Umweltschutzprojekten beteiligt.

15:30 Uhr - Kontaktpflege zu Freunden und Familie: Er ruft Freunde und Familie an oder schreibt ihnen Nachrichten, um seine zwischenmenschlichen Beziehungen zu pflegen und aufrechtzuerhalten.

17:00 Uhr - Kreatives Schaffen: Der Kleine Prinz widmet Zeit dem Schreiben von Gedichten, Geschichten oder dem Zeichnen, um seine Botschaften und Erfahrungen künstlerisch auszudrücken.

19:00 Uhr - Abendessen: Er bereitet das Abendessen zu und genießt es in Ruhe.

20:00 Uhr - Entspannung und Reflexion: Der Kleine Prinz hört Musik, meditiert oder schaut in den Sternenhimmel, um den Tag Revue passieren zu lassen und sich auf das Wesentliche zu besinnen.

22:00 Uhr - Schlafengehen: Der Kleine Prinz bereitet sich auf die Nacht vor, verabschiedet sich von seinen Freunden und Lieben und geht schlafen.

Dieser Tagesablauf berücksichtigt die Werte und Themen aus der Geschichte des kleinen Prinzen und passt sie an das moderne Leben an, einschließlich konkreter Uhrzeiten und Vorhaben.

13

Welche deutschsprachigen Bücher würde der Kleine Prinz lesen? Nenne 5 Titel.

Der Kleine Prinz würde sich wahrscheinlich für deutschsprachige Bücher interessieren, die ähnliche Themen und Werte wie seine eigene Geschichte vermitteln. Hier sind fünf Titel, die ihm gefallen könnten:

1. „Siddhartha“ von Hermann Hesse: Dieser Klassiker erzählt die spirituelle Reise eines Mannes namens Siddhartha auf der Suche nach Erleuchtung und Selbstverwirklichung.

2. „Momo“ von Michael Ende: In dieser Geschichte kämpft die Hauptfigur Momo gegen die Zeitdiebe und hilft den Menschen, die Bedeutung von Zeit und menschlichen Beziehungen wiederzuentdecken.
3. „Die unendliche Geschichte“ ebenfalls von Michael Ende: Dieses Buch handelt von einer phantastischen Welt, in der Fantasie und Realität aufeinandertreffen. Es lehrt den Wert von Träumen, Freundschaft und Selbstvertrauen.
4. „Der Steppenwolf“ von Hermann Hesse: Dieses Werk beschäftigt sich mit der Suche nach der eigenen Identität und der Dualität der menschlichen Natur.
5. „Das Parfum“ von Patrick Süskind: Diese Geschichte spielt im 18. Jahrhundert und erzählt von einem Mann namens Grenouille, der über einen außergewöhnlichen Geruchssinn verfügt. Es handelt von Leidenschaft, Obsession und der Suche nach Identität.

Diese Bücher decken verschiedene Themen ab, die für den kleinen Prinzen von Interesse sein könnten, wie Selbstentdeckung, Freundschaft, Liebe, Fantasie und die menschliche Natur.

14

2018 erschien das Grundgesetz der Bundesrepublik Deutschland als Magazin. Es hat 146 Artikel, davon 19 Grundrechte. Die wichtigsten Passagen sind typographisch hervorgehoben. Welches sind die aus Sicht des Kleinen Prinz wichtigsten Artikel im Grundgesetz?

Aus der Perspektive des kleinen Prinzen könnten folgende Artikel des Grundgesetzes der Bundesrepublik Deutschland von besonderer Bedeutung sein, da sie Werte und Themen widerspiegeln, die in seiner eigenen Geschichte eine Rolle spielen:

1. Artikel 1 (1) – Die Würde des Menschen ist unantastbar: Der Kleine Prinz legt großen Wert auf Respekt und Mitgefühl gegenüber anderen, unabhängig von ihren Unterschieden.
2. Artikel 2 (1) – Jeder hat das Recht auf die freie Entfaltung seiner Persönlichkeit: Diese Bestimmung steht im Einklang mit der Idee der Selbstentdeckung und persönlichen Entwicklung, die in der Geschichte des kleinen Prinzen präsent ist.
3. Artikel 4 (1) – Die Freiheit des Glaubens und des Gewissens: Der Kleine Prinz würde die Bedeutung von Freiheit und Toleranz in Bezug auf persönliche Überzeugungen und Glaubensrichtungen schätzen.
4. Artikel 5 (1) – Meinungs- und Informationsfreiheit: Diese Freiheiten sind entscheidend für den offenen Austausch von Ideen, Wissen und Geschichten, wie es der Kleine Prinz auf seiner Reise durch das Universum erlebt hat.
5. Artikel 20 (1) – Die Bundesrepublik Deutschland ist ein demokratischer und sozialer Bundesstaat: Die Idee eines sozialen und demokratischen Staates würde dem Kleinen Prinzen wichtig sein, da sie den Schutz und die Zusammenarbeit unter den Menschen fördert.

Diese Artikel des Grundgesetzes spiegeln einige der zentralen Werte wider, die der Kleine Prinz auf seinen Reisen durch das Universum entdeckt und schätzen gelernt hat, wie Mitgefühl, Selbstentfaltung, Freiheit und Zusammenarbeit.

15

Im Jahr 1943 erschien „Der Kleine Prinz". „Man sieht nur mit dem Herzen gut. Das Wesentliche ist für die Augen unsichtbar" lautet die Kernbotschaft des Buches, die seit 80 Jahren die Menschen weltweit berührt und begeistert. Stellen wir uns vor, der Kleine

Prinz käme im Jahr 2023 noch einmal auf die Erde und dürfte eine Rede vor der UN-Versammlung in New York halten. Schreibe in den Worten des kleinen Prinzen, was er vor der UN sagen würde.

Geehrte Damen und Herren, Mitglieder der Vereinten Nationen, liebe Freunde aus aller Welt,

als der Kleine Prinz stehe ich heute vor Ihnen, um Ihnen von meinen Reisen durch das Universum zu berichten und meine Gedanken über die Bedeutung von Liebe, Verantwortung und Freundschaft zu teilen.

Ich komme von einem kleinen Planeten, der weit von der Erde entfernt ist. Dort habe ich die Bedeutung von Verantwortung und Fürsorge für die Umwelt und die Lebewesen gelernt, die meine Heimat bewohnen. Auf meiner Reise habe ich verschiedene Planeten besucht und unterschiedliche Bewohner kennengelernt. Dabei habe ich erkannt, dass man nur mit dem Herzen gut sehen kann und das Wesentliche für die Augen unsichtbar ist.

In einer Welt, die immer mehr von Materialismus, Technologie und Konflikten geprägt ist, möchte ich Sie alle daran erinnern, dass es die unsichtbaren Dinge sind, die im Leben wirklich zählen. Liebe, Freundschaft und Mitgefühl sind die wahren Schätze, die wir in unseren Herzen tragen und die uns als Menschheit vereinen.
Es ist wichtig, dass wir uns unserer Verantwortung für unseren Planeten und seine Bewohner bewusst sind. Die Erde ist unsere gemeinsame Heimat, und es liegt an uns allen, sie zu schützen und zu bewahren. Wir müssen uns darum bemühen, unsere Umwelt zu schützen, Ressourcen nachhaltig zu nutzen und die Vielfalt des Lebens auf der Erde zu erhalten.

Lassen Sie uns unsere Unterschiede überwinden und gemeinsam daran arbeiten, eine bessere Zukunft für alle zu schaffen. Hören wir einander zu, lernen wir voneinander und schätzen wir die Vielfalt der Kulturen und Traditionen, die unsere Welt so reich und lebendig machen.

Ich möchte Sie dazu ermutigen, in schwierigen Zeiten die Bedeutung von Freundschaft und Zusammenarbeit nicht aus den Augen zu verlieren. Wie mein Freund, der Fuchs, mir einst sagte: „Du bist für immer für das verantwortlich, was du dir vertraut gemacht hast." Ich bitte Sie, sich dieser Verantwortung bewusst zu sein und sich für eine gerechtere und nachhaltigere Welt einzusetzen.

Ich danke Ihnen für Ihre Aufmerksamkeit und wünsche Ihnen viel Erfolg bei Ihren Bemühungen, unsere schöne Erde für künftige Generationen zu erhalten und zu schützen.

Mit den besten Wünschen, Der Kleine Prinz

In der Geschichte „Der Kleine Prinz“ heißt es: „Die Erwachsenen verstehen nie etwas von selbst, und es ist sehr anstrengend, ihnen immer wieder alles erklären zu müssen.“ Nenne Beispiele, in denen diese Aussage auch 2023 noch zutreffend ist.

Auch im Jahr 2023 gibt es viele Situationen, in denen die Aussage „Die Erwachsenen verstehen nie etwas von selbst, und es ist sehr anstrengend, ihnen immer wieder alles erklären zu müssen“ zutreffend sein könnte. Hier sind einige Beispiele:

1. Klimawandel: Trotz zahlreicher wissenschaftlicher Erkenntnisse und der Dringlichkeit des Problems fällt es vielen Erwachsenen schwer, die Notwendigkeit von nachhaltigem Handeln und Umweltschutz zu erkennen und Verantwortung zu übernehmen.
2. Technologie und soziale Medien: Die rasante Entwicklung der Technologie und die Veränderungen im Kommunikationsverhalten können für einige Erwachsene schwer nachzuvollziehen sein, insbesondere für diejenigen, die nicht mit diesen Technologien aufgewachsen sind. Kinder und Jugendliche müssen ihnen oft die Funktionsweise und den Umgang mit neuen Plattformen erklären.
3. Wertschätzung von Vielfalt und Inklusion: In vielen gesellschaftlichen Debatten, etwa um die Rechte von LGBTQ+-Personen, Rassismus oder Geschlechtergleichheit, müssen junge Menschen häufig darauf hinweisen, wie wichtig es ist, Unterschiede zu respektieren und jedem Individuum gleiche Chancen und Rechte zuzugestehen.
4. Mental Health: Obwohl das Thema psychische Gesundheit in den letzten Jahren mehr Aufmerksamkeit erhalten hat, gibt es immer noch Erwachsene, die die Bedeutung von Selbstfürsorge und emotionaler Intelligenz nicht vollständig erkennen. Kinder und

Jugendliche müssen oft erklären, warum psychische Gesundheit genauso wichtig ist wie körperliche Gesundheit.

5. Bildung und Lernen: Viele Erwachsene sind in traditionellen Bildungssystemen aufgewachsen und haben möglicherweise Schwierigkeiten, alternative Lernmethoden oder die Bedeutung von individuell angepasster Bildung zu verstehen. Hier müssen junge Menschen aufzeigen, warum ein vielfältigeres und individuelleres Bildungssystem für die persönliche Entwicklung von Vorteil ist.

Diese Beispiele zeigen, dass es immer noch Situationen gibt, in denen Erwachsene Schwierigkeiten haben, neue Perspektiven oder Veränderungen zu verstehen und anzunehmen. Dabei ist es wichtig, dass junge Menschen ihre Stimmen erheben und als Vermittler fungieren, um Verständnis und gemeinsames Handeln zu fördern.

17

—

Musik ist etwas Wunderbares. Erstelle eine Playlist für den Kleinen Prinzen auf Spotify. Welche Songs würde der Kleine Prinz auf seiner Reise 2023 hören? Nenne 30 Titel. Davon 10 in deutscher Sprache.

Hier ist eine Playlist von 30 Liedern für den kleinen Prinzen, die seine Reise im Jahr 2023 begleiten könnten. Die Auswahl spiegelt Themen wie Freundschaft, Liebe, Abenteuer und Verantwortung wider, die in der Geschichte des kleinen Prinzen zentral sind.

1. Coldplay - „A Sky Full of Stars“
2. Louis Armstrong - „What a Wonderful World“
3. Vance Joy - „Riptide“
4. Israel Kamakawiwo'ole - „Somewhere Over the Rainbow“

5. The Lumineers - „Ho Hey“
6. Of Monsters and Men - „Little Talks“
7. Florence + The Machine - „Dog Days Are Over“
8. Sia - „The Greatest“
9. Imagine Dragons - „On Top of the World“
10. Jason Mraz - „I Won't Give Up“
11. Ed Sheeran - „Castle on the Hill“
12. The Beatles - „Here Comes the Sun“
13. John Denver - „Take Me Home, Country Roads“
14. The Postal Service - „Such Great Heights“
15. Sigur Rós - „Hoppípolla“
16. Xavier Naidoo - „Dieser Weg“ (Deutsch)
17. Clueso - „Zusammen“ (Deutsch)
18. Philipp Poisel - „Eiserner Steg“ (Deutsch)
19. Juli - „Perfekte Welle“ (Deutsch)
20. Herbert Grönemeyer - „Mensch“ (Deutsch)
21. AnnenMayKantereit - „Barfuß Am Klavier“ (Deutsch)
22. Silbermond - „Symphonie“ (Deutsch)
23. Andreas Bourani - „Auf Uns“ (Deutsch)
24. Nena - „99 Luftballons“ (Deutsch)
25. Max Giesinger - „80 Millionen“ (Deutsch)
26. Mumford & Sons - „I Will Wait“
27. M83 - „Midnight City“
28. First Aid Kit - „My Silver Lining“
29. Ben Howard - „Keep Your Head Up“
30. Aurora - „Running with the Wolves“

Diese Playlist bietet eine Mischung aus zeitlosen Klassikern und modernen Hits, die der Kleine Prinz auf seiner Reise genießen könnte. Sie beinhalten inspirierende Botschaften und Melodien, die die Abenteuerlust und die Sehnsucht nach Freundschaft und Verantwortung des kleinen Prinzen einfangen.

18

In welchen deutschsprachigen Podcasts würde der Kleine Prinz auftreten, um mit den Hosts über die Themen der Zeit zu diskutieren und seine Kernbotschaften zu verkünden.

1. „Apokalypse und Filterkaffee" - Humorvoll über gesellschaftliche Fragen diskutieren.
2. „Hotel Matze" - Gespräche über das Leben und seine Bedeutung.
3. „Gemischtes Hack" - Alltagsbeobachtungen und gesellschaftliche Themen.
4. „Das philosophische Radio" - Philosophische Fragen und Diskussionen.
5. „Deutschland3000" - Gesellschaftliche Entwicklungen und Trends.
6. „Lage der Nation" - Politische Ereignisse und Entwicklungen.
7. „Resonator" - Wissenschaft und Gesellschaft im Gespräch.
8. „Gästeliste Geisterbahn" - Humorvolle und persönliche Gespräche.
9. „Jung & Naiv" - Politische und gesellschaftliche Entwicklungen.
10. „Alles gesagt?" - Unendliche Gespräche mit prominenten Gästen über aktuelle Themen.

19

—

Und in welcher deutschen TV-Talkshow würde der Kleine Prinz als Gast sitzen?

Der Kleine Prinz würde als Gast in der deutschen TV-Talkshow „Markus Lanz" sitzen. Die Sendung, die von Markus Lanz moderiert wird, ist eine der bekanntesten und angesehensten Talkshows im deutschen Fernsehen. In dieser Show diskutieren Gäste aus Politik, Kultur, Wissenschaft und Unterhaltung über aktuelle Themen und Ereignisse. Der Kleine Prinz könnte hier seine Botschaften über Liebe, Freundschaft, Verantwortung und das Wesentliche im Leben einem breiten Publikum präsentieren. Durch seine Teilnahme an einer solchen Talkshow hätte er die Möglichkeit, seine einzigartige Perspektive und Weisheiten mit einem großen, interessierten Publikum zu teilen und zum Nachdenken über grundlegende menschliche Werte anzuregen.

20

—

Und in welchen deutschsprachigen Zeitungen und Magazinen würde sich der Kleine Prinz über die Erde erkundigen?

Der Kleine Prinz würde sich vermutlich in verschiedenen deutschsprachigen Zeitungen und Magazinen informieren, um ein umfassendes Bild der Erde und ihrer vielfältigen Themen und Perspektiven zu erhalten. Einige der renommiertesten deutschsprachigen Publikationen, die er möglicherweise lesen würde, sind:

1. Die Zeit (Deutschland) - Eine wöchentlich erscheinende Zeitung, die für ihre ausführliche und tiefgründige Berichterstattung bekannt ist und eine breite Palette von Themen behandelt.

2. Der Spiegel (Deutschland) - Ein Nachrichtenmagazin, das sich durch investigative Berichterstattung und kritische Analysen auszeichnet.
3. Die Süddeutsche Zeitung (Deutschland) - Eine der größten deutschen Tageszeitungen, bekannt für ihre unabhängige Berichterstattung und vielfältigen Meinungen.
4. Die Frankfurter Allgemeine Zeitung (Deutschland) - Eine renommierte deutsche Tageszeitung, die für ihre fundierte Berichterstattung und breite Themenvielfalt bekannt ist.
5. Die Neue Zürcher Zeitung (Schweiz) - Eine der führenden schweizerischen Tageszeitungen, die für ihre ausführlichen Analysen und internationale Perspektiven geschätzt wird.

Indem er diese verschiedenen deutschsprachigen Publikationen liest, könnte der Kleine Prinz ein breites Spektrum an Meinungen und Perspektiven kennenlernen, um ein besseres Verständnis der Erde und ihrer Bewohner zu erlangen.

21

Auch ein Kleiner Prinz hat in der Freizeit Lust auf Abwechslung. Zu welchem Fußballbundesligist würde er ins Stadion gehen und warum entscheidet er sich ausgerechnet für diesen Verein?

Der Kleine Prinz würde vermutlich zum Verein Borussia Dortmund gehen, um ein Fußballspiel der Bundesliga live im Stadion zu erleben. Es gibt mehrere Gründe, warum er sich für diesen Verein entscheiden könnte:

1. Atmosphäre: Borussia Dortmund ist bekannt für seine leidenschaftlichen Fans und die beeindruckende Atmosphäre im Signal Iduna Park, insbesondere der „Gelben Wand". Der Kleine Prinz

könnte von dieser Energie und Begeisterung angezogen werden, die die Bedeutung von Gemeinschaft und Zusammenhalt verdeutlichen.

2. Jugend und Talent: Borussia Dortmund hat eine lange Tradition in der Förderung junger Talente. Der Kleine Prinz könnte sich mit den jungen Spielern identifizieren, die ihre Träume verwirklichen und dabei ihre eigenen Wege gehen.
3. Soziales Engagement: Borussia Dortmund engagiert sich auch in sozialen Projekten und Initiativen, wie der Unterstützung lokaler Gemeinschaften und der Integration von Flüchtlingen. Der Kleine Prinz würde diese Verantwortungsbereitschaft und das Streben nach positivem Wandel sicherlich schätzen.
4. Teamgeist: Der Verein legt großen Wert auf Teamarbeit, Zusammenhalt und eine positive Einstellung, was gut zu den Werten des kleinen Prinzen passt, der ebenfalls die Bedeutung von Freundschaft und Zusammenarbeit betont.

Insgesamt würde der Kleine Prinz durch den Besuch eines Spiels von Borussia Dortmund die Freude und Leidenschaft des Fußballs erleben und gleichzeitig die Werte von Gemeinschaft, Zusammenarbeit und sozialem Engagement erfahren, die in der heutigen Zeit so wichtig sind.

Nenne die drei bedeutendsten Zitate aus „Der Kleine Prinz“, die auch heute noch aktuell und wichtig sind.

Hier sind drei bedeutende Zitate aus „Der Kleine Prinz“ von Antoine de Saint-Exupéry, die auch heute noch aktuell und wichtig sind:

1. „Man sieht nur mit dem Herzen gut. Das Wesentliche ist für die Augen unsichtbar.“ - Dieses Zitat betont die Wichtigkeit von Empathie, Intuition und emotionaler Intelligenz. In einer Zeit, in der sich Menschen oft auf das Äußere oder materielle Dinge konzentrieren, erinnert uns dieses Zitat daran, dass die wahren Werte und Qualitäten eines Menschen oder einer Situation oft im Inneren liegen.
2. „Du bist zeitlebens für das verantwortlich, was du dir vertraut gemacht hast.“ - Dieses Zitat unterstreicht die Verantwortung, die wir für die Beziehungen und Verbindungen haben, die wir im Laufe unseres Lebens eingehen. Es betont die Bedeutung von Fürsorge, Verantwortung und Loyalität gegenüber denen, die uns nahestehen.
3. „Alle großen Leute sind einmal Kinder gewesen. (Aber wenige von ihnen erinnern sich daran.)“ - Dieses Zitat ist eine Erinnerung daran, dass wir alle aus einer Perspektive der Unschuld und Offenheit gekommen sind. Es ermutigt uns, die Neugier, Kreativität und Fähigkeit zur Veränderung, die wir als Kinder hatten, nicht zu vergessen und in unserem Leben als Erwachsene zu bewahren.

23

Erzähle im Stil von Antoine de Saint-Exupéry dessen berühmte Fabel „Der Kleine Prinz" in einer neuen Version. Verlege die Fabel, die erstmals vor 80 Jahren erschien, in das Jahr 2023. Nenne konkrete Personen der Zeitgeschichte, die die Figuren, die der Kleine Prinz auf der Reise zur Erde trifft, auf den jeweiligen Planeten ersetzen. Orientiere dich bei der Länge an der Textlänge der Originalversion. Also in etwa 100 A5 Textseiten. Setze die Kernbotschaften aus „Der Kleine Prinz", sofern nötig, in einen zeitgemäßen Kontext.

Als KI-Textgenerator bin ich leider nicht in der Lage, eine vollständige Neufassung von „Der Kleine Prinz" mit etwa 100 A5-Seiten Text hier zu erstellen. Jedoch kann ich dir eine kurze Zusammenfassung der neuen Version der Geschichte im Stil von Antoine de Saint-Exupéry geben, die in das Jahr 2023 verlegt ist und konkrete Personen der Zeitgeschichte einbezieht.

Titel: „Der Kleine Prinz 2023"

Der Kleine Prinz, ein neugieriger und weiser Junge, lebt auf einem fernen Planeten. Eines Tages entscheidet er sich, eine Reise durch das Universum zu unternehmen, um mehr über das Leben und die Menschen zu erfahren. Auf seiner Reise besucht er sechs verschiedene Planeten, auf denen er auf zeitgenössische Persönlichkeiten trifft, die verschiedene Aspekte der modernen Gesellschaft repräsentieren.

1. Planet: Der Kleine Prinz trifft auf Elon Musk, den visionären Unternehmer, der ihm die Bedeutung von Innovation und Nachhaltigkeit zeigt, aber auch die Gefahren von zu großer Macht und Einfluss offenbart.

2. Planet: Hier begegnet der Kleine Prinz der Umweltaktivistin Greta Thunberg, die ihm die Dringlichkeit des Klimawandels und die Notwendigkeit des Handelns verdeutlicht.
3. Planet: Der Kleine Prinz trifft auf Angela Merkel, die ehemalige deutsche Bundeskanzlerin, die ihm die Bedeutung von Diplomatie, Zusammenarbeit und einer verantwortungsvollen Führung vermittelt.
4. Planet: Auf diesem Planeten begegnet der Kleine Prinz dem Whistleblower Edward Snowden, der ihm die Wichtigkeit von Datenschutz und Privatsphäre in der digitalen Welt aufzeigt und ihn über die Risiken von Überwachung und Kontrolle aufklärt.
5. Planet: Der Kleine Prinz trifft auf den Künstler Banksy, der ihm die Kraft der Kunst als Ausdrucksmittel und soziale Kritik zeigt und die Notwendigkeit, die Welt um uns herum kritisch zu hinterfragen, betont.
6. Planet: Zuletzt trifft der Kleine Prinz auf den Dalai Lama, der ihm die Bedeutung von Mitgefühl, innerem Frieden und spirituellem Wachstum lehrt.

Nach diesen Begegnungen erreicht der Kleine Prinz die Erde, wo er die Menschheit beobachtet und versucht, die Lehren aus seinen Reisen anzuwenden. Er erkennt, dass in der heutigen Welt viele Probleme und Herausforderungen bestehen, aber er findet auch Hoffnung in den Bemühungen der Menschen, die sich für eine bessere Zukunft einsetzen.

Hier ist mein Geheimnis. Es ist ganz einfach: Man sieht nur mit dem Herzen gut. Das Wesentliche ist für die Augen unsichtbar. Hier ist mein Geheimnis. Es ist ganz einfach: Man sieht nur mit dem Herzen gut. Das Wesentliche ist für die Augen unsichtbar. Hier ist mein Geheimnis. Es ist ganz einfach: Man sieht nur mit dem Herzen gut. Das Wesentliche ist für die Augen unsichtbar. Hier ist mein Geheimnis. Es ist ganz einfach: Man sieht nur mit dem Herzen gut. Das Wesentliche ist für die Augen unsichtbar. Hier ist mein Geheimnis. Es ist ganz einfach: Man sieht nur mit dem Herzen gut. Das Wesentliche ist für die Augen unsichtbar. Hier ist mein Geheimnis. Es ist ganz einfach: Man sieht nur mit dem Herzen gut. Das Wesentliche ist für die Augen unsichtbar. Hier ist mein Geheimnis. Es ist ganz einfach: Man sieht nur mit dem Herzen gut. Das Wesentliche ist für die Augen unsichtbar. Hier ist mein Geheimnis. Es ist ganz einfach: Man sieht nur mit dem Herzen gut. Das Wesentliche ist für die Augen unsichtbar. Hier ist mein Geheimnis. Es ist ganz einfach: Man sieht nur mit dem Herzen gut. Das Wesentliche ist für die Augen unsichtbar. Hier ist mein Geheimnis. Es ist ganz einfach: Man sieht nur mit dem Herzen gut. Das Wesentliche ist für die Augen unsichtbar. Hier ist mein Geheimnis. Es ist ganz einfach: Man sieht nur mit dem Herzen gut. Das Wesentliche ist für die Augen unsichtbar. Hier ist mein Geheimnis. Es ist ganz einfach: Man sieht nur mit dem Herzen gut. Das Wesentliche ist für die Augen unsichtbar. Hier ist mein Geheimnis. Es ist ganz einfach: Man sieht nur mit dem Herzen gut. Das Wesentliche ist für die Augen unsichtbar. Hier ist mein Geheimnis. Es ist ganz einfach: Man sieht nur mit dem Herzen gut. Das Wesentliche ist für die Augen unsichtbar. Hier ist mein Geheimnis. Es ist ganz einfach: Man sieht nur mit dem Herzen gut. Das Wesentliche ist für die Augen unsichtbar. Hier ist mein Geheimnis. Es ist ganz einfach: Man sieht nur mit dem Herzen gut. Das Wesentliche ist für die Augen unsichtbar. Hier ist mein Geheimnis. Es ist ganz einfach: Man sieht nur mit dem Herzen gut. Das Wesentliche ist für die Augen unsichtbar. Hier ist mein Geheimnis. Es ist ganz einfach: Man sieht nur mit dem Herzen gut. Das Wesentliche ist für die Augen unsichtbar.

Hier ist mein Geheimnis. Es ist ganz einfach: Man sieht nur mit dem Herzen gut. Das Wesentliche ist für die Augen unsichtbar. Hier ist mein Geheimnis. Es ist ganz einfach: Man sieht nur mit dem Herzen gut. Das Wesentliche ist für die Augen unsichtbar. Hier ist mein Geheimnis. Es ist ganz einfach: Man sieht nur mit dem Herzen gut. Das Wesentliche ist für die Augen unsichtbar. Hier ist mein Geheimnis. Es ist ganz einfach: Man sieht nur mit dem Herzen gut. Das Wesentliche ist für die Augen unsichtbar. Hier ist mein Geheimnis. Es ist ganz einfach: Man sieht nur mit dem Herzen gut. Das Wesentliche ist für die Augen unsichtbar. Hier ist mein Geheimnis. Es ist ganz einfach: Man sieht nur mit dem Herzen gut. Das Wesentliche ist für die Augen unsichtbar. Hier ist mein Geheimnis. Es ist ganz einfach: Man sieht nur mit dem Herzen gut. Das Wesentliche ist für die Augen unsichtbar. Hier ist mein Geheimnis. Es ist ganz einfach: Man sieht nur mit dem Herzen gut. Das Wesentliche ist für die Augen unsichtbar. Hier ist mein Geheimnis. Es ist ganz einfach: Man sieht nur mit dem Herzen gut. Das Wesentliche ist für die Augen unsichtbar. Hier ist mein Geheimnis. Es ist ganz einfach: Man sieht nur mit dem Herzen gut. Das Wesentliche ist für die Augen unsichtbar. Hier ist mein Geheimnis. Es ist ganz einfach: Man sieht nur mit dem Herzen gut. Das Wesentliche ist für die Augen unsichtbar. Hier ist mein Geheimnis. Es ist ganz einfach: Man sieht nur mit dem Herzen gut. Das Wesentliche ist für die Augen unsichtbar. Hier ist mein Geheimnis. Es ist ganz einfach: Man sieht nur mit dem Herzen gut. Das Wesentliche ist für die Augen unsichtbar. Hier ist mein Geheimnis. Es ist ganz einfach: Man sieht nur mit dem Herzen gut. Das Wesentliche ist für die Augen unsichtbar. Hier ist mein Geheimnis. Es ist ganz einfach: Man sieht nur mit dem Herzen gut. Das Wesentliche ist für die Augen unsichtbar.

80 Jahre

Der Kleine Prinz

80 Botschaften

1 Die großen Leute brauchen ja immer Erklärungen. Die großen Leute verstehen nie etwas von selbst. Und es ist sehr anstrengend, ihnen immer wieder alles erklären zu müssen.

2 „Warum sollen wir vor einem Hut Angst haben?" Meine Zeichnung stellte aber keinen Hut dar.

3 Also habe ich auch noch das Innere der Riesenschlange gezeichnet, damit die großen Leute es verstanden. Sie brauchen ja immer Erklärungen.

4 Die Sprache ist eine große Quelle für Missverständnisse.

5 Geradeaus kann man nicht sehr weit kommen.

6 Meine Blume erfüllte meinen ganzen Planeten mit ihrem Duft, aber ich wurde nicht glücklich darüber.

7 Ich hätte sie nach ihren Taten und nicht nach ihren Worten beurteilen sollen.

8 Hinter den armseligen Boshaftigkeiten hätte ich ihre Zärtlichkeit erkennen müssen. Blumen sind voller Widersprüche! Aber ich war zu jung, um sie lieben zu können.

9 Man darf von jedem nur das fordern, was er auch geben kann.

10 Es ist eine Frage der Disziplin. Wenn du deine Morgentoilette beendet hast, musst du dich gleich an die Pflege deines Planeten machen.

11 Wenn es eine schädliche Pflanze ist ... dann muss man sie ausrupfen, sobald man sie entdeckt.

12 Ich muss wohl zwei oder drei Raupen aushalten, wenn ich die Schmetterlinge kennenlernen will.

13 Wenn du einen Freund willst, dann zähme mich! Wie geht das denn? Vor allem brauchst du Geduld.

14 Aber wenn du mich zähmst, wird mein Leben heiter wie die Sonne sein. Ich werde den Klang deiner Schritte von den anderen unterscheiden lernen. Alle anderen Schritte jagen mich in meinen Bau. Deine Schritte werden mich wie Musik aus meinem Bau herauslocken.

15 Je später es wird, desto glücklicher werde ich. Um vier Uhr bin ich dann ganz aufgeregt und unruhig: So werde ich lernen, dass das Glück seinen Preis hat.

16 Wenn du mich zähmst, werden wir einander brauchen.

17 Was sind Rituale? Auch so etwas Vergessenes. Das ist etwas, wodurch sich ein Tag von anderen Tagen unterscheidet, eine Stunde von anderen Stunden.

18 Die großen Leute haben eine Vorliebe für Zahlen. Wenn ihr ihnen von einem neuen Freund erzählt, dann erkundigen sie sich nie nach den wirklich wichtigen Dingen. Sie wollen zum Beispiel nicht wissen, wie seine Stimme klingt und welche Spiele er am liebsten spielt, oder ob er Schmetterlinge sammelt.

19 Man muss ihnen sagen: Ich habe ein Haus gesehen, das hunderttausend Franken wert ist. Dann schreien sie gleich: Ach wie schön!

20 Auf einem internationalen Kongress der Astronomen hatte er seine Entdeckung präsentiert. Aber weil er so komisch angezogen war, hat ihm niemand geglaubt. So sind sie nun mal, die großen Leute.

21 Als ich ein kleiner Junge war, habe ich in einem alten Haus gewohnt, in dem angeblich ein Schatz versteckt war. Er wurde nie gefunden, aber es hat wahrscheinlich auch niemand danach gesucht. Dennoch hat der Schatz das ganze Haus verzaubert.

22 Alle großen Leute waren einmal Kinder, aber nur wenige erinnern sich daran.

23 Die Menschen hier pflanzen fünftausend Rosen in einem einzigen Garten und doch finden sie dort nicht, was sie suchen. Dabei kann man das, was sie suchen, in einer einzigen Rose finden.

24 Niemand hat euch gezähmt. Und ihr habt auch niemanden gezähmt. Ihr seid so, wie vorher mein Fuchs war, ein Fuchs wie tausend andere Füchse. Aber jetzt ist er mein Freund und für mich einzigartig auf der Welt.

25 Und wenn ich eine Blume kenne, die einzig ist in der Welt, die es nirgendwo anders gibt als auf meinem Planeten, und wenn ein kleines Schaf eines Morgens diese Blume mit einem einzigen Bissen vernichten kann, ohne zu wissen, was es tut, ist das etwa nicht wichtig!

26 Für euch, die ihr den Kleinen Prinzen auch liebt, wie für mich, kann nichts auf der Welt unberührt bleiben, wenn irgendwo, man weiß nicht wo, ein Schaf, das wir nicht kennen, eine Rose vielleicht gefressen hat, oder vielleicht nicht gefressen hat ... Schaut den Himmel an. Fragt euch: Hat das Schaf die Blume gefressen oder nicht? Ja oder nein? Und ihr werdet sehen, wie sich alles verwandelt ... Aber keiner von den großen Leuten wird jemals verstehen, dass das eine so große Bedeutung hat!

27 Geh die Rosen anschauen. Du wirst begreifen, dass Deine einzigartig ist in der Welt.

28 Es ist die Zeit, die du für deine Rose geopfert hast, die deine Rose so besonders macht.

29 Wenn jemand eine Blume liebt, die es auf Millionen von Sternen nur ein einziges Mal gibt, dann ist er schon glücklich, wenn er nur in den Himmel schaut.

30 Du bist zeitlebens für das verantwortlich, was du dir vertraut gemacht hast.

31 Und wenn du dich getröstet hast (man tröstet sich immer), dann wirst du froh darüber sein, dass du mich kennengelernt hast. Du wirst immer noch mein Freund sein. Du wirst Lust haben, mit mir lachen.

32 Wenn du bei Nacht den Himmel anschaust, wird es dir sein, als lachten alle Sterne, weil ich auf einem von ihnen wohne, weil ich auf einem von ihnen lache. Du allein wirst Sterne haben, die lachen können!

33 Es macht die Wüste schön, dass sie irgendwo einen Brunnen birgt.

34 Und ich verstand, dass ich die Vorstellung nicht ertrug, nie wieder dieses Lachen zu hören. Es war für mich wie ein Brunnen in der Wüste.

35 Er ist der Einzige, den ich nicht lächerlich finde. Vielleicht, weil er sich nicht bloß mit sich selbst beschäftigt.

36 Wenn er seine Laterne anzündet, ist es, als ob er einen neuen Stern erschafft, oder eine Blume. Wenn er seine Laterne löscht, wiegt er Blume oder Stern in den Schlaf. Das ist ein schöner Beruf. Das ist wirklich sehr nützlich, weil es schön ist.

37 In der Nacht liebe ich es, den Sternen zu zuhören. Sie sind wie fünfhundert Millionen Glöckchen.

38 Ich frage mich, ob die Sterne leuchten, damit jeder seinen eigenen eines Tages wiederfindet.

39 Wenn etwas Geheimnisvolles besonders beeindruckend ist, kann man nicht widerstehen.

40 Hier ist mein Geheimnis. Es ist ganz einfach:
Man sieht nur mit dem Herzen gut.
Das Wesentliche ist für die Augen unsichtbar.

41 Ich habe keine Zeit ins Träumen zu geraten.

42 Den Menschen fehlt es an Phantasie. Sie wiederholen immer nur das, was man ihnen sagt. Zu Hause hatte ich eine Blume, die redete immer zuerst.

43 Ich weiß nicht mehr ... ich habe so viel Arbeit! Ich bin ein ernsthafter Mann, ich vertrödle meine Zeit nicht mit Geschwätz!

44 Und was nützt es dir, Sterne zu besitzen? Es nützt mir, weil es mich reich macht. Und was nützt dir der Reichtum? Damit kann ich mehr Sterne kaufen, falls jemand anders auch noch welche findet.

45 Ich besitze eine Blume, die ich jeden Tag gieße. Ich besitze drei Vulkane, die ich jede Woche kehre. Auch den erloschenen Vulkan kehre ich, man kann ja nie wissen. Es nützt meinen Vulkanen und es nützt meiner Blume, dass ich sie besitze. Aber du nützt deinen Sternen gar nichts.

46 Wenn ich einen Seidenschal besitze, dann kann ich ihn mir um den Hals binden und mit mir nehmen. Wenn ich eine Blume sehe und sie pflücke, dann kann ich sie mitnehmen. Aber Sterne kann man nicht pflücken!

47 Aber wir, die das Leben verstehen, lachen natürlich über Zahlen!

48 Die Eitlen hören immer nur die Lobreden. Bewunderst du mich wirklich sehr? Was heißt bewundern? Bewundern heißt erkennen, dass ich der schönste, der bestangezogene, der reichste und der intelligenteste Mensch des Planeten bin. Mach mir die Freude, bewundere mich trotzdem!

49 Zuweilen macht es ja wohl nichts aus, wenn man seine Arbeit auf später verschiebt.

50 Der Planet dreht sich von Jahr zu Jahr immer schneller, aber die Vorschrift hat sich nicht geändert!

51 Dieser Mann war so beschäftigt, dass er bei der Ankunft des Kleinen Prinzen nicht einmal den Kopf hob.

52 Man schluckt jede Woche eine und spürt überhaupt kein Bedürfnis mehr, zu trinken. Warum verkaufst du das?
Das ist eine große Zeitersparnis. Die Sachverständigen haben Berechnungen angestellt. Man erspart dreiundfünfzig Minuten in der Woche. Und was macht man mit diesen dreiundfünfzig Minuten? Man macht damit, was man will ...

53 Es fehlt mir an Bewegung. Ich habe keine Zeit, herumzubummeln.

54 Die Menschen haben keine Zeit mehr, irgendetwas kennenzulernen. Sie kaufen sich alles fix und fertig in den Geschäften. Und weil man Freunde nicht im Laden kaufen kann, haben sie keine mehr.

55 Warum trinkst Du? Um zu vergessen. Um was zu vergessen? Um zu vergessen, wie sehr ich mich schäme. Warum schämst du dich denn? Weil ich trinke.

56 Ich bin ein ernsthafter Mann, ich habe keine Zeit für Träumereien.

57 Für die Eitlen sind alle anderen Leute Bewunderer.

58 Er wusste nicht, dass für die Könige die Welt etwas höchst Einfaches ist: Alle Menschen sind Untertanen.

59 Die Menschen haben Waffen und sie jagen. Das ist ärgerlich!

60 Die großen Leute werden dies natürlich nicht glauben. Sie bilden sich ein, dass sie viel Platz benötigen. Sie nehmen sich so wichtig wie Affenbrotbäume.

61 Bevor die Affenbrotbäume groß werden, sind sie erst einmal klein.

62 Meine Blume hat nur vier Dornen, um sich zu wehren gegen die Welt.

63 Die Autorität beruht vor allem auf der Vernunft.

64 Es ist viel schwerer, über sich selbst zu richten, als über andere.

65 Die großen Leute sind sehr sonderbar. [...] Die großen Leute sind wirklich sehr sonderbar. [...] Die großen Leute sind wirklich sehr, sehr sonderbar.

66 Wo sind die Menschen? Man ist ein bisschen einsam in der Wüste. Man ist auch bei den Menschen einsam.

67 Ich kenne einen Planeten, auf dem ein Herr mit einem roten Gesicht wohnte. Noch nie hatte er an einer Blume gerochen. Noch nie hatte er einen Stern gesehen. Er hatte noch niemanden geliebt. Nie hatte er etwas anderes getan als rechnen. Und jeden Tag sagte er wie du: „Ich bin ein ernsthafter Mann! Ich bin ein ernsthafter Mann!“ Vor lauter Stolz war er schon ganz angeschwollen. Aber dies ist kein Mann, das ist ein Pilz!

68 Die Menschen? Man weiß nie, wo man sie suchen soll. Der Wind treibt sie umher. Ihnen fehlen die Wurzeln.

69 Man ist nie dort zufrieden, wo man ist.

70 Die Menschen quetschen sich in Schnellzüge, dabei wissen sie gar nicht, wohin sie wollen. Darum sind sie so rastlos und drehen sich immerzu im Kreis.

71 Die großen Leute sind entschieden sehr verwunderlich.

72 Mein Körper wird hierbleiben wie eine alte verlassene Hülle. Man muss nicht traurig sein wegen solch alter Hüllen.

73 Du weißt doch, wenn man recht traurig ist, liebt man die Sonnenuntergänge.

74 Du musst nur langsam genug gehen, um immer in der Sonne zu bleiben.

75 Es ist so geheimnisvoll, das Land der Tränen.

76 Denn es ist traurig, einen Freund zu vergessen. Aber nicht jeder hat einen Freund gehabt.

77 Es wird aussehen, als wäre ich tot, aber das stimmt nicht.

78 Ich habe nie Erklärungen von meinem Freund erhalten. Er dachte wahrscheinlich, ich würde wie er sein. Doch ich kann nicht wie er durch eine Kiste hindurch ein Schaf sehen. Da bin ich vielleicht ein wenig wie die großen Leute. Die Zeit verschonte mich nicht und ich wurde älter.

79 Der Beweis dafür, dass es den Kleinen Prinzen wirklich gegeben hat, besteht darin, dass er entzückend war, dass er lachte und dass er ein Schaf haben wollte; denn wenn man sich ein Schaf wünscht, ist es doch ein Beweis dafür, dass man lebt.

80 Es ist gut, einen Freund zu haben, auch wenn man sterben muss.

„Bitte … zeichne mir ein Schaf."